Enán Burgos

FAZ DE BUCO

O

LONE GOAT FOREVER

DIBUJOS DEL AUTOR

Editorial Claraboya

INTROITO

He aquí, con este libro asombroso y detonante, la nueva aventura del dramaturgo, poeta y pintor Enán Burgos. El pintor sería aquí quien describe su práctica del ordenador, del net, los foros de discusiones; el poeta, quien intenta destilar la esencia "video lúdica" y dar un sentido a esos signos casi extraños. Porque es a la exploración curiosa y divertida del universo lingüístico de los materiales informáticos que Enán Burgos se presta - para liberarse de ellos.

Todos los registros del vocabulario y de la sintaxis se combinan y verifican sobre la pantalla de las palabras. El escritor se siente entonces como un "escriba" con la mira sobre todo de "adaptarse a los diferentes lenguajes y funciones" - pero no un escriba que acepta pasivamente la marea verbal y abdica delante de ella. No se trata de ser servil, sino de convidar nuestro cerebro un poco ciego a descifrar - incluso a traducir nuestra lengua completamente metamorfoseada por una invención técnica venida de un país de lengua inglesa.

Enán Burgos tiene razón de compararse con un nuevo Aristóteles que detecta y teoriza una poética nacida de una "nueva lengua estructuralmente veloz y emotiva ", pero esto no impide de manera alguna al poeta izar el estandarte del Minotauro "muerto de haber esnifado el hilo fino de Ariane" sobre el teclado numérico. Este libro precursor es una sumersión en el epicentro de nuevos lenguajes, a menudo vivos y contractados, plenos de inventiva metafórica, lo que no los preserva de una cierta desolación y pobreza. Contrastes nutricios.

Lo extraordinario aquí, es la lancinante caída en un desierto de intercambios donde la trivialidad rivaliza con la rutina, derivando hacia la homofobia, el racismo, y una violencia tanto más ciega cuando avanza enmascarada.

Enán Burgos busca elucidar toda la maquinaria que regenta las páginas web de encuentro con finalidad sexual. El autor exclama de repente: "acabé por comprender que me encontraba ante un perverso narcisista». Porque las palabras, si poseen los aliados inalienables del poeta en sus marchas solitarias, se vuelven venenos insólitos en los espejos virtuales que hacen volar en pedazos lo que Pavese llamó "el oficio de vivir". Se trata aquí de una tentativa de supervivencia frente al artefacto adictivo que acaba por decidir nuestros destinos y hasta por designar a nuestros verdugos salidos de las brumas más oscuras e ideológicas.

Enán Burgos se pasea sobre ese mundo artificial, pero a la vez fascinante, en tanto que poeta con sandalias de viento y también en tanto que pintor minucioso y distanciado "FAZ DE BUCO" que nos aterra. ¿Chivo expiatorio en las comisuras de nuestros labios mudos?

Daniel Leuwers

NOTA DEL AUTOR

Siempre escribí guiado por la intuición más que por la razón. La curiosidad ha sido el motor de esta intuición. **"LONE GOAT FOREVER" o "FAZ DE BUCO"**, mi último poema dramático y video lúdico escrito en francés y adaptado, al castellano por mi persona, no escapa a dicho proceder. Se inscribe en la continuidad de una interrogación que emprendí desde hace algún tiempo, entorno de la escritura numérica y sobre las mutaciones de las dos lenguas "alienadas" por ese universo numérico conciso del cual la lengua inglesa y los algoritmos son la base. Ante lo que aquí digo, ciertos puristas pondrán el grito en el cielo, otros se sublevaran refugiados en una nostalgia patrimonial y ciega. En todo caso, mi indagación de escritor consiste en hacer un balance sin emitir juicios lingüísticos ni estéticos y aún menos éticos.

Lo mismo que para el primer texto con el cual inicio la indagación: "**O a la izquierda si_ no fin**" (poema virus), yo, el novicio, me sumergí durante varias semanas en los vastos laberintos de las redes sociales, los foros de discusiones, de videojuegos y roles en línea. Lo que me permitió hacerme una idea y constituir así un banco de datos con el fin de edificar el corpus de los textos. Para no esconderles nada, mi rol de autor consistió pues en jugar el papel del "programador", ese que descarga, cuelga y sabe adaptarse a los diferentes lenguajes y funciones. En cierto modo fue el papel del escriba en el pasado, aunque al afirmar esto corro el riesgo de atraerme el rayo drástico de más de un "experto", para quienes el papel del escriba, en ese antaño, esencialmente consistía en transcribir y hacer visible, gracias al arte de la escritura, la palabra divina.

Por cierto, desde que Dios murió (a pesar de todas las inepcias y los gargarismos a la moda en torno a la religión) la palabra sigue jugando en la ciudad y en Francia en particular un papel laico y plural, yo diría hasta banal... ¿Lo banal sería acaso la antinomia de lo poético? Reconozco que no me aventuraré a polemizar sobre de dicho tema. Volvamos más bien a lo que nos preocupa. En su artículo "Hacia una tipología del diálogo en el videojuego" Jérôme-Olivier Allard nos dice: "Jugar en línea ocupa un papel singular en la organización de la fábula. [...] los juegos de roles le conceden al participante una plaza importante en la organización de la trama video lúdica: eligiendo y colocando acciones en el contexto virtual, el jugador ejerce un impacto sobre la evolución de la historia. A menudo hablamos pues de juegos de roles en términos de narraciones no lineales o cruzadas."

Fiel a dicha citación, para organizar la narración y alimentar los "diálogos", a pesar de mi inexperiencia, me inscribí proveído de un seudónimo y de un *"avatar"*, de un sable láser también y de un escudo en los foros de discusión, de juego de roles y video en línea. Y heme aquí siendo a la vez jugador, personaje y "programador"... Cuanto más avanzaba en ese laberinto virtual y más su jerga se me volvía familiar, una magia se producía en mí: la ficción se torna efectiva con sus palabras, sus diálogos insólitos; a decir verdad, aún así "lo banal" reinante, una nueva lengua estructuralmente veloz y emotiva se presentó a mis ojos y no a mis orejas: efímera, breve, gramaticalmente "mal escrita", aunque frágil, haciendo prueba de una fuerza asombrosa rítmica y poética: ¡video lúdica! ¿Cómo pues no pensar en Aristóteles y en su "Poética"? Si hubiese vivido en este siglo virtual y lúdico, contrariamente a lo que muchos piensen, estoy persuadido que habría añadido este nuevo género a su lista.

El protagonista de "**LONE GOAT FOREVER**" no posee nombre propio, evoluciona sin cesar a lo largo de la narración, se adapta, cambia de perfil, de seudónimo, de contraseña y de paso se transforma para hacer frente a las urgencias de los combates y situaciones. Se metamorfosea de cordero en cabro, de cabro en toro, de toro en Minotauro hasta el estallido final donde se auto elimina para desempeñar por fin su misión: obtener sus 10.000 *"likes"*. En cuanto a la escogencia del título en inglés, no olvidemos que el mundo del videojuego es una industria nacida en los Estado Unidos, la lengua inglesa que le es específica le sirve de resonancia comercial y global. De acuerdo con el tema, mi traducción arbitraria del título en castellano ha sido: "FAZ DE BUCO" es evidente que dicho título hace alusión a “FACEBOOK”. Para concluir señalo que “Midsummer Night’s Dream” "El sueño de una noche de verano" de William Shakespeare, sin duda alguna anunciaba ya, cinco siglos antes, las primicias mágicas propias a los videojuegos.

Ya bastante he dicho, ¡Qué el partido empiece! regreso a mi consola, adiós y buena suerte a todos.

BEEEEEE !!!

¡No pero no pero no!

¡BEEEEEE!
¡BEEEEEE!!
¡BEEEEEE!!!
¿Qué hacer?
Olvidado de todos
¿Doy o no doy la cara?
Abrazo jirones de nada
pidiendo socorro
porque yo... yo...
me siento repudiado.
¡No pero no pero no!
¡Un poco de alivio por favor!
Son los años...
la vida es un pretexto de la muerte
sufro de un mal extraño.
"Un corderillo sediento bebía
en un arroyuelo."
Pobre animalito
sea lo que sea
el lobo va a tragárselo
(a las gallinas también se las come)
y buena suerte
aunque se esconda allí,
digamos... bien.
¡BEEEEEE!!!
¡No pero no pero no!
No sigas llorando...
mis deseos se van con la nubes.
Os lo juro, soy tan manso,
aparentemente de lejos...
¡Para ya de decir boberías!
No son boberías son verdades
¡Y deja de balar como un cabrón!
Bueno ok tengo que calmarme.

El lobo merodea...
tan extraño
me siento completamente
inanimado...
¡BEEEEEE!!!
De golpe,
hay que tomar las cosas como vienen,
me gustaría ser un hombre alegre...
pero bueno,
ningun acto debe excluirse
sobre todo en este momento,
hay peores situaciones
solo que mi caso
ya es bastante trágico.

Confieso que

Para digerir el tiempo
hago mis tareas a solas
viendo la televisión...
Mi madre, esa loba neurótica,
se tragó mi Smartphone.
¡La detesto! ¡La odio!
¡BEEEEEE!!!
Tan raro, mi voz mudó...
balo ahora como un cabro,
soy un chivo expiatorio solitario
víctima de todos los apetitos de una loba,
la loba traga roña
¡Perversa y diabólica!
¡Horrorosa!
¡Desgraciada!
¡Sanguinaria!
Tiemblo cuando la veo,
pronto cumpliré mis treinta años
y siempre he vivido bajo su yugo!
Entre los dos el tono sube muy rápido
-¡Vas a quedarte apoltronado sobre el sofá toda tu vida!
-¡Devuélveme mi celular!
Estoy hasta las narices de sus crisis de nervio,
si esto se prolonga voy acabar estrangulándola
para que vomite mi Smartphone.
Cada día que pasa nuestra relación es más violenta,
catastrófica.
¿Qué me reprocha exactamente?
¿No limpiar la casa?
Me suprimió internet sobre el ordenador familiar
¡Genial para hacer vueltas!
De hecho, trato de hallar en mi portátil
una conexión internet solo para mí
y espero pronto tenerla porque si no...

Lo que me hace sufrir tanto
es el hecho de ser mayor y no poder
hacer despegar mi vida
¡Mi borrascosa vida!
Triste es decirlo,
pero creo que mis días están contados
en este bajo mundo,
en cuanto al de arriba, algunos me dirán,
no vale la pena, lo sé.
De todos modos por el momento,
aunque no tenga a nadie con quien hablar,
esperando un amor
me pongo los audífonos
y me echo aquí, en mi sofá.

Glog

No sirvo para nada
Nunca seré alguien.
¿Cómo vivir sin futuro?
El pasado y el presente
son palabras que no conozco...
Post del programador:
"Glog"
¿Qué es eso Glog?
Post del programador:
"Entra en Google"
Sí, pero antes tengo que ir al banco,
mi cuenta ha sido bloqueada.
Problema principal:
no tengo la mínima confianza en mí.
¿Por qué? No lo sé.
Tal vez porque mi madre me regaña tanto,
¿Pensar que alguien me quiere?
¡Imposible!
Post del programador:
"Corta el cordón umbilical
yo en tu lugar me iría muy lejos ."
Gracia por el consejo
pero antes que nada quisiera asumirme,
mi situación es deprimente
me siento inútil, perdido.
Post del programador:
"Hm, te ves triste y abatido,
deberías consultar a un psicólogo."
¡Un psicólogo! ¿Para qué?
Me gustaría más bien aprender a cocinar,
envidio a la gente que sabe freír patatas.
Post del programador:
"¡Pues fabuloso!
Una esperanza de luz renace

y ya verás que cocinando,
comer sano y equilibrado es más barato."
El solo problema es la pasta.
Post del programador:
"¿Cuál pasta?"
¡La plata!
Post del programador:
"Glog
entra en Google,
hay recetas gratis."
Si pero...
Post del programador:
"¿Pero qué, cuál es tu problema?"
Not convinced.
Post del programador:
"En todo caso, te deseo mucha suerte,
sé muy bien lo que sientes"
¡BEEEEEE!!!
¡Me vino una idea soberbia!
Pienso tomar cursos de canto y baile
¿Y por qué no de escritura también?
Una formación a lo largo de la vida,
sería divertido...
¡BEEEEEE!!!

CUERNOS-BOTONES

¡BEEEEEE!!!

¡Al fin solo!
¡Soy un macho cabrío!
¡BEEEEEE!!!
Apoyo sobre los botones de mi Game Boy:
mis dos cuernos que tanto me hacen sufrir...
¡Penetra en mí, diablo, te pertenezco!
Dios mío algo me ataca...
Emoticón diablo.
¡BEEEEEE!!!
Gracias al gato de la vecina
logré al fin la conexión
tacleé su nombre:
"Croqueta"
¡Online!
¡Cool!
Agitación.
Emoción.
Confusión.
¿Me das un like?
¿Te acuerdas de mí?
¡Fue demasiado hermoso para olvidarte!
Sentí entonces mis mejillas enrojecerse,
mis dos cuernos crecer,
grito de histeria
¡BEEEEE!!!
¿Vacilo entre un acento grave y un acento agudo?
No hay falta mínima, man,
¡Niño tonto!
¡Perdí treinta años de vida!
Asumo al fin mi faz de buco
¡BEEEEEE!!!
Tan raro...
Los animales tienen más amor que los hombres
lo que es verdad,

me gustan también las ratas,
para ayudarme a concretizar este magnífico retrato,
YoYo... deseo...
que me des un like.
¡BEEEEEE!!!
¡Esta anguila, en vez de escurrirse,
hubiera podido por lo menos responderme!
Emoticón enfurecido.
No sirvo para nada
nunca seré alguien.
Contraseña del día: DIAZEPAM.
No soy ni padre ni madre ni novio
¡Dejen pues de incluirme en sus fiestas idiotas!
Vivo cargado de semen,
soy un amante insaciable
procrear no es la sola manera de ser útil.
Un falo no padre eso es lo que soy,
insensible además.
Emoticón tira la lengua.
"¡Aaayyy, por favooor, no seas tan plebe!"
¡BEEEEEE!!!
Estoy hasta la coronilla de los posts de algunos.
Cierto, a veces exagero, pero bueno...
¿Y para qué ser educado si nadie lo es conmigo?
Pueden también decirme:
"Man, debe ser difícil cada día hacerse lapidar por internet
cuando dices que no quieres tener hijos."
Post del programador:
"De nuevo copio y pego, se me olvido de dónde lo saqué".
Emoticón guiña el ojo.
Hm... de todas maneras,
ningún poeta vendrá a medírsele a este juego,
son tan aburridos.
¿A qué perfil juegan?
Dirán:
"¡Está loco y ni siquiera sabe de qué habla!"

Furioso les replico:
¡Banda de trolls latosos!
Además está claro, vuestro turno ya pasó.
francamente,
lo peor es que con trampas ganan los premios.
¿Qué rol juegan?
¡El más estresante!
Si tan siquiera tuvieran fachas de demonios gigantescos!
Pero no, son gordinflones y fofos.
Es por eso que expulsé a todos los poetas de este juego.
¡Antes de volverme tan tedioso
como los versificadores de ese top, me callo!
Emoticón con el índice sobre los labios.

YOYO

Like

¿Me das un like?
Poke negativo.
No sirvo para nada
Jamás seré alguien
me choco contra filos,
lo que me ha vuelto horrendo
y hasta podría morir
al resbalar sobre un peldaño de escalera.
Veterano4bix post:
"Hello YoYo:
Para ya de vivir en modo víctima,
tus falsos berridos
hace décadas que los oímos."
¡BEEEEEE!!!
"¡Por favor no me interrumpas!
Déjame decírtelo todo...
¿Y sabes qué?
Te haces la víctima para evadir la realidad,
excepto que esta vez voy a acabar contigo.
Al fin de cuentas, tu "borrascosa" vida,
emoticón llorón,
leyendo entre las líneas,
en lugar de juzgar a la gente,
ayuda para hacer cambiar el sistema.
Ser maduro es dejar de acusar a los otros
como los responsables de tus propios problemas.
Crecer es una tarea bastante difícil
e injuriar al otro, es injuriarse a sí mismo.
Para ti injuriar se ha vuelto un juego de niño."
Emoticón furibundo.
¡Troll de fango! ¡Voy a reventarle el cráneo a ese man!
Veo las teclas de dirección invertirse,
es demasiado burro para entender
que mi vida es un desierto.

Es el ejemplo del man que te ve morir
sin mover un dedo para salvarte.
¡La vida dura poco especie de ladilla!
Me gusta quemar mis ciudadanos
y jugar a los bolos con sus cráneos ¿y entonces?
¡Coño! ¡Me tiene de leche!
¡BEEEEEE!!!
Emoticón endemoniado.
De una vez por todas déjenme vivir tranquilo
¿Para qué sirve ser un hombre en esas condiciones?
Si además les digo que de mis historias de amor
prefiero ni hablar...
Emoticón que acaricia el gato.
El solo pensarlo me desquicia.
Soy un chivo expiatorio solitario
"LONE GOAT FOR EVER"
¡BEEEEEE!!!
Apoyo sobre mis cuernos-botones
yendo a buscar mi Yo a través de las nieblas de sí.
Aunque sea un chorro de orgullo
exhibo mi ser honestamente
para establecer el contacto, la conexión;
en vez de taparme los ojos
el deber de mantener la faz ideal
se impone como realidad...
¿Paro aquí?
Emoticón que dice no.
Hago clic y me entero
gracia a la magia de redes y enlaces
que para seducir hay que ser:
ardoroso en el primer contacto,
un poco frío en el segundo,
fabulista en el tercero,
abrazar su destino en el cuarto
y en el quinto, la muerte,
siendo la novia, ella y él,

punzantes se unirán en la danza del final.
Emoticón Corazón.
Todos los jugadores de "LOVE TO LOVE"
comprenderán de que estoy hablando.
Por ahora el macho cabrío retorna a su caverna
y saldrá muy tarde en la noche...
¡Larga vida a los noctámbulos!
Emoticón con ojos somnolientos.

Ningún psicólogo aquí

En la verdadera vida, man,
a menudo y sin saber por qué
la depresión se incrusta.
Emoticón al borde del precipicio.
¡Qué agonía!
El cerebro humano misterioso y explosivo
de repente se descarrila sobre los rieles de la razón.
Sin salida o más bien ciego,
los cables cruzados,
resbala hacia lo hosco.
Emoticón muerto.
Soy un asocial, nunca he podido chatear
y si a veces lo intento me dicen rápidamente:
¡Ningún experto aquí!
Simplemente porque utilizo palabras enteras.
"Qtpsa"
lo siento mucho, pero conmigo eso no pasa.
Hace más de un año que trato, pero en vano
y según las últimas informaciones divulgadas por Google Stats
al parecer parezco un Walking Dead.
Emoticón zombi.
Otros pretenden que espanto los foros, entonces me digo:
¡BEEEEEE!!!
Apoya sobre el botón A.
Pero al cabo de seis horas de diálogo
un fatal: "cabrón naciste y cabrón serás" aparece.
Eran las cinco de la madrugada,
ansiaba acabar el juego
y sin que pudiera hacer otra cosa que esperar,
me concedieron de manera general
el premio del man más engorroso del foro.
¡BEEEEEE!!!
¡Jamás los perdonaré!
Estás perdiendo contra un Ogrim

Y hay dos o tres perversos que te atacan por la espalda.
¿En qué mundo vivimos?
Te apuñalan una vez persuadidos que tu vida bug
y que te hallas del otro lado del Estigio, en el reino de Hades.
¡Roñosos qué son!
¡Qué el diablo les escupa lo que sabemos!
Emoticón aullando y babeando.

Metimos la pata

Según lo que veo,
metimos la pata.
La hora final del juego se avecina
y poca chance tenemos de ganarlo
porque la especie humana ha perdido el instinto animal,
es triste decirlo pero es así.
Emoticón apesadumbrado.
No comprendo a esos energúmenos
que continúan matándose como rapaces,
lo must del truco son los lameculos que sueñan
con su hora de gloria ¡los aborrezco!
Si fuera ellos jugaría más bien a "Comic Show"
en vez de lanzar alaridos que te estresan
cuando combaten como bestias.

Perdónenme la mala lengua: ¡Enorme el nivel **O**!
Cuando se juega siempre con los mismos pelagatos
la partida se vuelve fácilmente mortífera,
lo que me impidió acabar el juego,
iré a buscar otro foro.
Emoticón ¡Bye bye!

¡Este foro mierda este foro!

"Más se bebe el agua de pluma
y más riesgos hay de ser homosexual.
Las hormonas sintéticas arrojadas en el agua
provocan la feminización de los peces."
¡Pero qué mierda!
Bastante grotesco el foro esta noche
y hasta parece un "Manga japonés".
El man que posteó eso está carcajeándose
haciéndose la paja delante de su PC.
¡Es un gay, un pedófilo!
"¡Miau, miauuuu!
¡Ay, guapo!
Tu infeliz culo no sabe lo que se pierde."
"¡Qué seba de man! Es una gonorrea."
"¡Rezo por una evolución de consciencia!"
¡Este foro mierda este foro!
¡Voy a acabar mordiéndome la lengua
a fuerza de leer tantas inmundicias!
"LOL y si hago hervir el agua antes de beberla
las hormonas femíneas estarán siempre allí?"
¡Foro de mierda!
¡Qué bobadas preguntan! ¡No faltaba más!
¿Qué sé yo? ¡Nada!
¡Me están volviendo loco con sus sarcasmos!
"No te enojes cabrón, que hasta te tengo una fuente verídica:
"Varios investigadores han podido observar
estos últimos años que un cierto número de peces machos
están produciendo huevos en sus testículos"."
Si tan solo sintieran el dolor que tengo aquí,
encajado en mi pecho, se callarían. Pero no...
"Siempre he bebido el agua de pluma
y sigo anhelando hembras más que nunca."
"Por lo menos evitamos la calvicie
con esa baja de hormona macha."

"Bebo el agua de pluma y sin embargo no soy marica."
"Mi garrafa filtrante posee 10 filtros,
los agentes homosexuales ningún problema."
"Utilizo el agua del grifo únicamente para cocinar
y para lavarme. "
"Tomar agua orgánica limita mucho la contaminación LOL."
¡Este foro mierda este foro!
Me molesta la gente que no da la cara.
Son unos diablos apocalípticos
¡Definitivamente me voy de este foro!
"¡Miau, miauuuu!
Por favor, no te vayas guapo, que te apreciamos."
¡Me tienen de leche con sus historias de agua de grifo,
no tolero más esas sandeces
y hasta me da igual que me aprecien o no,
a mí el amor me importa un carajo!
"¡Ay, niño, no seas llorón y cómo te atreves
a decir semejantes barbaridades!"
"Internet no es un terreno de juego
para adolescentes frustrados
género integrista cristiano como tú."
"Hablas babeando de lo malcriado que eres."
"Tu problema es que sueñas con ganar pero siempre pierdes."
"Tiene complejo de Freud."
"Y además es maricón."
¡BEEEEEE!!!
¡Maricón no soy, ustedes son unas ratas!
¡Aporto una crítica, es todo!
"Tal vez que eres gay sin saberlo, debes asumirlo."
Lo siento pero no es mi caso.
"¿Y cómo lo puedes afirmar?"
Lo sé. No hay duda alguna.
"A los maricas hay que quemarlos, fuiste tú quien posteó eso."
¡Jamás! ¡Aprecio tanto la vida para colgar algo semejante!
Ya se los he dicho: aporto una crítica, es todo.
Y si hay algo que no soporto son vuestras bazofias,

también cuelgan anuncios “gay” en el foro
deseando que todo el mundo los like.
Nunca pero nunca he colgado la mínima expresión
de homofobia, respeto a todo el mundo.
Lo que no les acepto es que ustedes
los gays se exhiban pretendiendo ser superiores
a los heterosexuales y eso me enfurece.
“¡Okey cool, no te enojes cariño!”
“Pero seamos claros, en tus sueños sexuales
te acuestas con hombres, reconócelo.”
“Además es muy conocido que un homófobo
es un homosexual inhibido.”
¡BEEEEEE!!!
¡Este foro mierda este foro!
¡No tolero más esos disparates!
Y para información:
soy solamente aracnófobo.
Sl2.

Selfi

¡Hola! It's me.
¿Problemas de conexión?
Sí, ayuda xfavor.
Ya no sé ni escribir...
"¿Cómo así que no sabes escribir?"
Ya no sé escribir en castellano.
Aparte de eso quiero entrar en el chat y no puedo,
lo que es saludable, pues con todo lo que he leído
me siento deprimido...
Acabo de repensar en mi asquerosa discusión
en el foro de anoche y no sé por qué, pero me puse a llorar.
Esa historia de gay me da vueltas en la cabeza...
Necesito tanto un alivio, una caricia, un besito...
Hasta el azar ha sido abolido.
En internet no hay que tomarse las cosas en serio,
son puro fake.
muchas veces me injurian y consiguen amargarme el día.
¡BEEEEEE!!!
Nunca seré alguien...
De nuevo huir...
"Amor que tan tarde llamas". (Luis Cernuda)
Incluye en ti al otro,
ese fantasma volátil que divulgando su ego
con su hipocresía nos mata.
La niebla de ese selfi incompatible con la palabra life.
Totalmente facticio, sin luz ni cariño.
Colgar su imagen sobre un muro es bastante delicado,
Emoticón con ojos ahuecados.
AMEBAPD2 post:
"Ese man es un chiste pésimo."
Emoticón muerto de risa.
GOODLOOKAY post:
"Nunca ha salido tanta baba de la boca de un solo man"
Emoticón sorprendido e irónico.

COMEMIERDATLD post:
"¡Qué gente sin corazón, necesita ayuda el muchacho, por favor!" *Emoticón consternado.*
¡Por fin alguien humano! Gracias por tu ayuda.
Poke positivo.
COMEMIERDATLD post:
"De nada. Te ofrezco mi corazón.
Además con esos cuernitos te ves divino,
me gustaría pasar un ratico contigo."
Emoticón enamorado.
"¿Dime dónde y cuándo?"
Emoticón dando la mano.
FALOASTRALXXX post:
"Ten cuidado que hay trolls que juegan sucio,
hacen fakes y te comen."
COMEMIERDATLD post:
"¡Boing! ¡Esa sí que la esperaba,
tan santos son que soplan flautas!"
Emoticón sarcástico.
Gracias por defenderme, sé lo que son.
La adherencia es el primer paso hacia la reinserción.
Emoticón besitos en la mejilla.
¿Crees poder ayudarme?
Espero tu respuesta...
De golpe tengo que inventarme un avatar.

Avatar

Post del Programador:
"¡Hola YoYo!
¿Cuál avatar quieres?"
Quiero un avatar desmesurado,
con una identidad falsa mentir es más fácil.
"¿Un avatar que llora o que ríe?"
Eso no se pregunta mago del aire, reír es mi lema.
"¿Pequeño o grande?"
Más bien grande, duro y robusto.
"¿La crin la quieres cómo?"
Modo manga, con una linda y tupida mecha sobre la frente
¡Y que sobre todo no se me vean los cuernos!
"El hombre es el animal más bobo de la creación,
lo que es calamitoso.
Emoticón desesperado.
Yo en tu lugar haría resaltar los cuernos
lo que te daría un aspecto viril y bestial."
¡BEEEEEE!!!
¡Ni lo piense, chúpeme los huevos antes!
Fácil decirlo, difícil hacerlo.
"La plebedad no conduce a nada.
Juega tu verdadero papel,
aléjate de esos buitres ávidos de gloria,
separar la verdad de la mentira exige una profunda visión."
Emoticón ojos cerrados.
¡No diga bobadas! ¡Van a burlarse de mí!
"No les pares bolas que están celosos,
lo que dicen de ti no es cierto,
son unos burros, no piensan y se fabrican
una apariencia falsa para enfrentar lo real."
Emoticón avestruz con cabeza enterrada.
¿Qué cosas dice? ¡Usted está loco!
"Si para ti ser loco es ser sincero, entonces, sí, soy loco."
Emoticón con ojos fijos y espernancados.

¡Cállese HP!
"Nada es más fácil que penetrar en ese laberinto radiante, orientarse o escapar es algo más complicado."
¡No entiendo ni m...!
"No te hagas el lerdo ¿Qué es lo que no entiendes?"
¡Ni mierda!
"Bueno, entonces adiós y encárgate tú mismo de tu avatar"
¡No, por favor, no se vaya!
Emoticón con expresión de miedo a la soledad.
"Si te excusas de haberme tratado de HP me quedo."
¡Sí! Mil excusas, perdón, perdón...
Emoticón arrodillado.
y hasta acepto su proposición, de acuerdo con los cuernos, con una sola condición: que no me parezca a un cabrón.
"Ningún problema, te lo envió de aquí a un ratico."
Emoticón ofrece la mano.
Muy esperanzado espero ansioso su mail.
Emoticón apretón de mano aceptado.

YOYOMINOTAURO

YOYOMINOTAURO

¡MUUUUUU!!!
¡Llegó mi avatar!
¡Gracias! ¡Mil Gracias! ¡Por fin existo!
Emoticón con gratitud.
¡YOYOMINOTAURO! ¡El terror del net!
Nunca se ha visto un avatar con tremendos músculos
y hasta se podría afirmar que sale de un bosque noruego.
El mundo entero se prosternará ante mí.
¡Like! ¡Like! ¡Like!
¡MUUUUUU!!!
En todo caso se ve corpulento y no gordinflón.
Ese man es un genio, un artista, dibuja y pinta de ataque.
La verdad es que un avatar likeado por más de 2000 trolls
es too much.
En la real life es algo imposible.
Son lambones, no amigos.
¡Los tengo celosos, porque mi avatar es too much!
¿Pero rayos qué pasa?
Me ha vuelto el dolor en el pecho...
Un infarto a los treinta años de vivir sentado sin hacer nada...
No lo comprendo, vivo un instante de dicha.
He aquí la prueba que a esos malditos
les importa un culo que tú te mueras.
De tanto menosprecio tu corazón estalla.
¡MUUUUUU!!!
¡Ay! Me siento agotado.
Hastío, miseria, olvido y vacío...
no aguanto más esta soledad
con su desfile de borregos que cruzan sin verme.
Afortunadamente todavía se ven sobre los prados
caballos y toros,
ellos por lo menos escapan a tanta infamia
y cuando paso por delante me miran sin cortesía
con sus ojos negros encendidos.

Yo, el faz de buco con el perfil corregido,
delante de ellos,
tengo la impresión de haber perdido toda intuición.
No obstante, por el momento,
subsisten en mí, sobre mi cuerpo,
todavía huellas de la frialdad.
¡Hola y adiós!
Emoticón con corazón en mil pedazos.

Usted le envió un poke a Teseo

¡No, nunca le he enviado un poke a Teseo!
Ese man es tan nulo como Chuck Norris. *Poke negativo.*
Y además no me gusta su manera de proceder:
anoche hubo un bug en mi ordenador,
al parecer alguien intentó piratear mi cuenta,
lo que explica el poke a Teseo.
"keyboard error, press F1 to continue".
Cansado de ser borrego me convierto en Minotauro.
¡MEEEEEE!!!
¡Y cuidado con los chivos, si alguno me delata
o se burla de mí, lo hago trizas, lo juro!
Soy conocido por mi fuerza descomunal.
¡Racistas, machistas y bravucones muéstrense si se atreven!
¡Que alguien intente meter un pie en mi laberinto
y ya verá lo que le pasa!
Pero sepan que a Minotauro no le gustan las gallinas
y mucho menos los jabalíes;
los invito entonces a todos, salvo a Teseo,
a hacer parte de mi juego.
Pero un LIKE por favor, porque si no,
¡MEEEEEE!!!
Emoticón espeluznante.
Quiero ser temido y respetado
digo esto de manera persuasiva.
¡3000 Likes, en un minuto,
que se abonaron a la telenovela de mis nalgas!
¡MEEEEEE!!!
¡Al fin soy alguien!
Tolerancia cero con la gente que se pasa de la raya.
Gracias a todas y a todos, que se diviertan
pues el juego apenas comienza.
Emoticón delirante.

YOLO

"¿Qué ha sucedido después del amanecer?"
Nada... nada...
yo... yo... me siento repudiado.
¡No pero no pero no!
Son las seis de la tarde y acabo de despertarme,
como un bocado y regreso al juego.
Para cambiar desempeño el papel de Teseo.
"¿Ya no eres Minotauro?"
Sí. Pero estoy aburrido de ganar siempre.
"¿Y Teseo te encaja?"
Bueno en realidad no me displace.
Me hallo en el centro del laberinto
todos los otros héroes han sido eliminados,
soy el último superviviente.
"¿Para cuándo el combate final?"
No lo sé, tal vez mañana,
si gano me das tu like.
"Si ganas... no te lo tomes a mal,
pero ten cuidado y no olvides que Minotauro es invencible."
No seas tan fatalista, eso está por verse.
Aunque tenga pocos músculos y sesos
con esta descarga divina de dopamina
cuento acabar con ese monstruo de pacotilla.
"FTW."
THK.
La oscuridad es fría en este laberinto
la bella Ariadna me prepara un hilo de nieve
lo esnifo, me lo inyecto y para envalentonarme
engullo una pepa de Flakka.
Mi corazón late, se acelera, mil km por hora,
cinco minutos más tarde
¡Naufragio total!
Teseo, grogui, nocaut.
"¿Y el Minotauro?"

De repente aparece, se me acerca, la tierra tiembla
y aunque inconsciente siento su paso colosal,
sospecho que mi hora llega...
¡WTF!
Ariadna para salvarme le ofrece un largo hilo de nieve...
¡OMG! ¡Estoy a salvo!
Me siento molido... necesito reposo...
cuando despierte, si despierto, volveré a jugar.
¿Y El Minotauro?
Muerto de haber esnifado
el largo hilo de nieve que Ariadna le ofreció.
¡Ay la droga! ¡Qué mierda!
AFK.

Perfil: Frankenstein

Trato de entramar una conversación con alguien
que sé de antemano que no me likerá.
Digamos que generalmente
cuelgo las mejores fotos de mí.
La verdad es que nunca he sido fotogénico
Pues en mis selfis se me ve la cara
atropellada por un tren.
Emoticón Frankenstein.
Dado que me veo ojeroso prefiero no seguir.
"¿Pijo, quieres ver mi polla?
Tengo uñas en lugar de dedos.
Años: los de Jesucristo
Sexo: grande como un bate de beisbol
Ciudad: a dos pasos de ti
¿Cuánto? Para ti un descuento del 10 por ciento
¿Activo o pasivo? Los dos
Tarjeta de crédito aceptada."
¡No es su polla la mala, es su vida!
Acabo de hacerme ligar por un man,
confieso que es la primera vez que me pasa,
modestia aparte, muy a menudo las chicas me ligan,
pero cuando se trata de un hombre ¡me caigo de culo!
Lo que además me pasmó dado que soy un fanático religioso
y un homófobo de base.
Debo confesar que el post de ese man
al principio me chocó, pero luego me halagó
y hasta me hizo reír.
Es un choque también cuando en la calle
un gilipollas dos o tres años menor que tú te dice "señor",
te quedas lelo sin saber que responder.
Más envejeces y más el tiempo pasa.
Siento además un gran vacío
como si algo le faltara a mi vida...
FELINO20cm post:

"Oye guapo comprendo tu angustia, padezco lo mismo que tú, si lo deseas nos vemos y ya veremos..."
Emoticón gatico abandonado.
El miedo a la soledad es terrible,
te sientes ahuecado y al cabo de un cierto tiempo...
¿Después de todo vivir un idilio gay por qué no?
El tiempo pasará más lentamente si encuentras un amor,
¡Cuanto antes mejor!
¡MIAO!

PN

Conocí a FELINO2CM tres días después,
nuestra relación fue apasionante pero complicada.
En los momentos tórridos maullaba:
"Papacito, por favor, ¡no pares!",
Y yo novicio: ¡Ya no aguanto más!
Durante las primeras semanas me ofreció todo:
Iphone, restaurantes, viajes, idas a discotecas
y hasta un gato al que llamé "Capullo".
Era un gatico hermoso con ojos verdes y el pelaje suave,
lo arrullaba tanto que FELINO2CM
comenzó a ponerse celoso. Lo peor vino después.
Según él, yo era la razón de su vida.
Durante las primeras semanas me prometió el oro y el moro.
Mi felicidad era tal que abandoné la casa de mi madre
y me instalé en la suya.
Pasado el tiempo, los hechos revelaron su verdadero carácter:
posesivo, celoso, violento, peor que mi madre
¡Brutal! ¡Asqueroso!
Y hasta tuvo el descaro de espiar a mis amigos en los juegos,
encontrando siempre la manera de culpabilizarme
y yo como un idiota, lloriqueando...
Su paranoia era tal que tenía que pedirle permiso
hasta para ir al baño, una riña permanente
que duró varias semanas y meses ¡"Una estación en infierno"!
Hasta el día en que comprendí
que el HP no era otra cosa que un PN,
y que ya era tiempo de separarme de ese perverso sádico.
Reaccionó muy mal.
Nuestra grandiosa y romántica historia de amor
se transformó en guerra civil,
y en una de la peleas, con mi consola, mató a Capullo.
Mi ira fue tal que estuve a punto de estrangularlo.
Afortunadamente los vecinos intervinieron porque si no...
berreando estaría ahora detrás de unas rejas.

¡BEEEEEE!!!
Lo bueno de todo aquello es que ahora,
a los PN los identifico desde lejos y al volver a casa,
mi madre que se las huele todas,
poco contenta de mi retorno, me dijo:
"No hay mal que por bien no venga".

Seudónimo y contraseña

"En este mundo tan malo de nada sirve ser bueno,
cuando eres bueno la gente te come con una sonrisa."
Completamente de acuerdo con Twisthis,
¡Nunca hay que enamorarse!
Acabo de crear una nueva página Facebook
me hacen falta un seudónimo y una nueva contraseña...
¿Mister Jekyll y Mister Hyde?
¡Puaj! ¡Completamente has-been!
¿Mister Killer y Crok con K y no con C al final?
¡Demasiado feo, aborrezco los reptiles!
Podría ser hm...
quiquiriquí
acuamán
gusanoansioso
ventepacá
hijodepalo
chivosincuernos
bolsilloroto
aladino
genioterrible
mequetrefe
ajipicante
papelhigienico
penicilina
nadieamilado
adiosyvuelve
sobacosabio
duermededía
murciélago
sacodehuesos
ojalavengas
yosimequiero
¡MEEEEEE!!!
¡Este es el bueno!

¡YOSIMEQUIERO!
Positivamente irreprochable,
¿La contraseña?
nuncaserenadie
¡Coño! ¡Basta ya de quejas!
Piensa en lo contrario:
prontoserealguien...
¡Ésta si es la buena!
Larga e inviolable.
¡Bien jugado, man!
¡MEEEEEE!!!
¿Un mensaje ya?
¡Caracoles! ¡La velocidad es fantástica!
"K acs"
Xq
"Tas OK?"
Ss cl cl
"Simos?"
Dnd?
"Dsk"
Ntıc
"Tbj"
Kyat!
"Grr?"
Ktden pl!
"Ktı bd"
K ers?
"Minotauro"
¡El maldito!
¡Es un plagiador, me robó el avatar!
¡Si lo cruzo en mi camino le doy plomo!
¡Minotauro soy yo!
¡MEEEEEE!!!
¡Me tiene de leche!
Necesito un calmante...
¿Dónde diablo los dejé?

¡Me siento mal! ¡Ayuda xfavor!
¡Oh no! ¡Se me cayó la conexión!
El cerebro desconectado
solo frente a la vida,
solo frente a la muerte,
perdido en el laberinto
ausente en el universo.

In real life

¿Cómo explicarlo?
In real life
soy más bien réptil que chivo,
no ceso de arrastrarme en vano
siempre sobre el mismo sitio,
sin trayecto,
desconectado del mundo,
duelo contra sí mismo,
en modo invisible
retorcido por la envidia,
agraviado por el asco,
víctima de mi veneno
siendo mi propio adversario.
Soy venal, huelo feo,
soy la gangrena del mundo,
roo el hueso,
el nervio,
la fruta del bien y del mal
Soy Abe-Oddboxx,
expulsado del chat hasta el próximo login.
Y si no me aceptan,
les advierto que llevarán cargado
mi suicidio sobre la conciencia.
Emoticón ahorcado.

OH Dios del
sexo !
En cuestión de
sexualidad
todo el mundo
ha evolucionado,
menos yo.

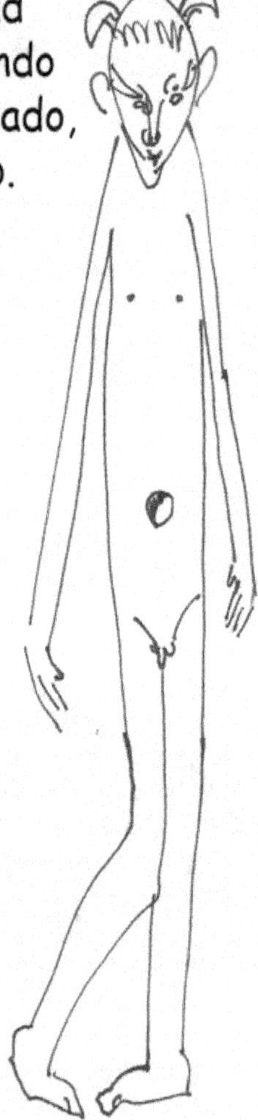

¡Oh, Dios del sexo!

En cuestión de sexualidad
todo el mundo ha evolucionado menos yo.
Lo que me hace pensar que he sido mal codificado.
"La masturbación: un alivio ansiolítico"
Traté, pero ningún alivio, me sentí peor.
Es muy raro a los treinta años sufrir de andropausia.
Soy un caso único.
LaDoMaLo post:
"Hay que consultar a los Dioses del Olimpo
que poseen remedios para eso. "
¿Es decir?
"Toman tu esperma, se lo tragan y te dicen
de donde viene tu mal"
¡MEEEEEE!!!
¡Me cabrea ese man!
¿Cómo es posible que acepten en el foro tipos como ése?
LaDoMaLo post:
"¿Y yo me pregunto por qué ciertas personas son incapaces
de apreciar el humor, la ironía o la auto ironía?"
Antes de que se me amargue el día lo bloqueo enseguida...
Si me he vuelto impotente es por causa del estrés
y de los calmantes que tomo,
o tal vez por el hecho que duermo de día
lo que me ha vuelto apático.
Compré en KamagraNow dos cajas de viagra.
Recibí las tabletas cuatro días después,
en cuanto al pedido, ningún problema, llegó a tiempo
pero por el momento ninguna alma que viva para testarlo.
PinGarecHa13 post:
"Tomas un tremendo riesgo al encargar remedios
por internet. ¡Ataque cardíaco asegurado!
¿Y si te mueres qué harás después?
¡Inyecciones en el pene para resucitar!"

CacHitO10 post:
Bien de acuerdo con PinGarecHa13:
"¡NINGUNA MEDICINA SIN CONSULTA MÉDICA!"
¡Xfavor! ¡No sean tan ruines!
¡Un poco de compasión, vivo desesperado!
"¡Jojo! ¡Otro nuevo por estos lares!
¡Pinga muerta por siempre amén!"
Emoticón cruz enterrada.
¿Quién es el experimentado que me habla?
"¿Adivina? Vivo en el laberinto cibernético."
Otro vicioso que se las pasa lamiendo rabos.
"Rabo tengo pero no lo lamo!
Fueteo con él ¡Soy Minotauro!"
¡Oh, no! ¡El usurpador! ¡Fuera de aquí o te mato!
"Te propongo un trato: hacemos un game
y el que gane conserva el avatar Minotauro."
¡All right!
Pero a condición de que para el combate cambies de nombre!
"¿Me llaman BadBull en los bajos fondos, eso te va?"
¡OK, game! Acabo un truco y let's go.

GG

Tengo verrugas por todas partes
sobre la cara cantidades y en el pene ni se diga.
Un monstruo verrugoso, eso es lo que soy.
Una verruga sobre la punta de la nariz se ve más
que una cicatriz sobre la mejilla.
¿Xfavor, alguien puede decirme cómo tratarlas?
Más de 3.700 millones de personas menores de 50 años
–es decir, el 67% de la población sufren de verrugas en el sexo.
¿Si no me acuesto con nadie cómo diablos hice
para atraparlas? ¿Por internet? No, es imposible.
Bueno, lo admito, hay peores enfermedades que las verrugas.
SantOdepalO10 post:
"A menudo metes la punta de la nariz en huecos hediondos."
PioPioXII post:
"Es la marca del diablo que está llenando tu cuerpo
de cuernos de todo género."
VaticaNoPus post:
"El fin del mundo ya llega, Satanás subió la calefacción,
los efectos se ven sobre ti."
¡Qué diablos ni que pan caliente!
Soy ateo, no creo en nada.
¡MEEEEEE!!!
¡Para acabar con mis verrugas voy donde el doctor milagros
y ya! Dios y diablo son una pura invención de mi madre
para aterrorizarme, aquí el único diablo que existe soy yo,
un verrugoso con dos cuernitos que no espantan ni perro.
¡Xfavor, se los ruego!
¿Puede alguien darme un consejo para quemar mis verrugas?
Wal2verrUgaS666 post:
"Necesitas poseer una nave Goliat para quemar las verrugas tranquilamente sin daños en tu GG.
Para eliminarlas rápidamente
utiliza la formación de drones mariposas,
pasarás a través de los escudos y ahorrarás municiones láser."

¡Gracias! ¡Mil gracias!
Al fin un juego donde hay gente generosa.
Dios es una verruga en la inmensidad del universo.
Yo prefiero "Máster Twins Mission II".
Pero la verdad es que la mayoría de los juegos me aburren,
soy demasiado exigente
y como también dice mi madre : "muy inconstante".
Resignado llevaré siempre esas verrugas sobre el cuerpo...
por el momento los dejo
pues tengo que prepararme mentalmente
para mi duelo a muerte con BadBull.
SL2.
Wal2verrUgaS666 post:
"FTW".

YOYOMINOTAURO
VS
BADBULL

YOYOMINOTAURO VS BADBULL

BADBULL:
— !BABADABULL!
YOYOMINOTAURO:
— ¡MEEEEEE!!!
BADBULL:
— !Tienes que vencer a tu padre para ganar la corona!"
YOYOMINOTAURO:
— ¡Fanfarrón piojoso no digas idioteces, prepárate a morir!
BADBULL:
— ¡Becerro pajoso eso está por verse!
YOYOMINOTAURO:
— ¡Cabeza de ajo atácame si te atreves!
BADBULL:
— ¡Granujiento! Te voy a arrancar una a una todas tus verrugas!
YOYOMINOTAURO:
— ¡MEEEEEE!!! ¡Asqueroso, tiemblas del miedo!
BADBULL:
— ¿Un gigante como yo temerle a un enano como tú?
YOYOMINOTAURO:
— Tus palabras son tan fofas como tus músculos.
BADBULL:
— Si te arrodillas te perdono la vida.
YOYOMINOTAURO:
— ¿Arrodillarme yo? ¡Nunca! ¡Jamás!
BADBULL:
— Tu peor defecto es la arrogancia.
YOYOMINOTAURO:
— Y el tuyo: gordinflón y lacio.
BADBULL:
— ¡Basta de chapurreos y que el combate comience!
YOYOMINOTAURO:
— Eres tú el fanfarón. Y además hueles tan feo que espantas los pedos.

BADBULL:
— ¡El hediondo eres tú, cagón!
YOYOMINOTAURO:
¡MEEEEEE!!!
— El que siembra vientos está mal del estómago.
BADBULL:
— ¿Bromeas antes de morir?
YOYOMINOTAURO:
— ¡De solo verte me meo de la risa!
BADBULL:
— ¡Esa risita te la voy a quitar con un puñetazo!
YOYOMINOTAURO:
— ¡Ano de pulpo! ¡Esto está muy hablado te apachurro
con esta patada!
BADBULL:
— ¡Niñerías! Tus ataques son risibles, encaja esto y esto!
YOYOMINOTAURO:
— ¡Carroña! ¡Y los tuyos inicuos! Con una sola trompada
te rompo la jeta.
BADBULL:
— ¡Jojo! ¡Ni la sentí! Eres un flacuchento
que se las pasa encorvado delante del ordenador
lloriqueando.
YOYOMINOTAURO:
— ¡Además de bufón, metiche!
Si vivo encerrado es a causa de estos dos cuernos
que heredé de ti.
BADBULL:
— ¡Una excusa más para no hacer nada!
Tus dos cuernos son un signo de virilidad,
si tanto te molestan con mi fuerza descomunal
te los arranco.
YOYOMINOTAURO:
— ¿Crees poderlo hacer?
BADBULL:
— ¡Pues claro! No comprendo tu complejo,

te ves divino con esos cuernitos.
YOYOMINOTAURO:
— ¡Qué atrevido, no faltaba más, además me liga!
BADBULL:
— No te estoy ligando, trato de ayudarte.
YOYOMINOTAURO:
— ¡Cállate! ¡Bastante has rebuznado!
¡Después de un cabezazo quien va a necesitar ayuda eres tú!
BADBULL:
— ¡Mocoso malcriado!
¡Tus dos cuernos me servirán de trofeo!
YOYOMINOTAURO:
— ¡Trata no más! ¿Y por qué retrocedes?
BADBULL:
— ¡Retrocedo para mejor avanzar!
YOYOMINOTAURO:
— ¿Avanzas o te meas?
¡Digas lo que digas, eres un miedoso!
BADBULL:
— ¿Miedoso yo? ¡Ven! ¡Acércate, aquí te espero!
YOYOMINOTAURO:
— ¡Esquiva si puedes!
BADBULL:
— ¡Ay! ¡No joda! ¡Para, tramposo!
YOYOMINOTAURO:
— ¡Muere carroña! ¡Puag! ¡Hueles a sarna!
Te he vencido a puño limpio.
¡Réquiem para ese fantoche! ¡Entro en la leyenda!
¡YOYOMINOTAURO!
¡El más terrorífico monstruo de todos los tiempos!
¡MEEEEEE!!!

AY NOJODA PARA
ME ESTAS ASFIXIANDO!!!

FAKE

¿Qué diablos sucede?
¡Todo el mundo me acusa!
Estoy seguro que el responsable es BadBull....
¿Por qué le perdoné la vida, por qué?
Un enemigo muerto es un enemigo menos.
Para vengarse de su derrota
ha hecho circular en el Net mi foto,
diciendo que soy el terrorista buscado por la ley.
Es increíble lo que está pasando
y la amplitud que esto toma.
La poli antiterrorista ya está en camino,
¡Qué lío! ¡La consigna es liquidarme!
Y nadie aquí para ayudarme.
Hasta los amigos me acusan.
¡Lo juro! ¡Soy inocente!
¿Dónde esconderme?
¿Bajo las faldas de la bruja de mi madre?
Ella, para salvarme, podría trasfigurarme en morcilla
como lo hizo con los cadáveres de sus amantes.
¿O disimulado en un VPN?
Así la poli no podrá hallarme.
"¡BAMG! ¡BANG! ¡BOOM!"
¡Ya están aquí!
"¡Manos arriba calzones abajo!"
¡Este foro mierda este foro!
¿Qué locura es esa? ¡La poli no se anuncia así!
Me huelo que aquí hay gato encerrado...
¿Quién es el gilipollas que se burla de mi?
¡Muéstrate cabrón, que sé quien eres!
"¿Qué puedo hacer por ti? Yo, BadBull, tu genitor."
¡Genitor de mis verrugas y cuernos sí!
"No hables mal de tu papá que lo que él busca es ayudarte."
Ese man es un fake, una verdadera lepra...
¡No necesito ayuda de nadie!

Papá está muerto y enterrado desde hace lustros,
mi mamá oficialmente me lo dijo.
"Tu mamá es una mentirosa y una asesina igual que tú,
pero gracias a la poli voy a poder eliminarlos a los dos."
¡Qué pesadilla!
¿Cómo me quito de encima a ese esperpento?
"No lo podrás, la "Mano negra" está afuera."
¡Hijo de perra! Antes de morir acabaré contigo!
"¡Respeto por favor, soy un toro y no un perro!
Cerbero es otro juego."
El padre amigo farsante,
El decrépito que se las tira de joven,
¡El pedófilo! Voy a colgar su foto en internet
para denunciarlo como el embaucador,
el khey que me metió en tremendo lío.
¿Dónde está? Salió corriendo...
¡El muy cobarde se eclipsó!
¿Y si todo este embrollo no es otra cosa que un fake
inventado por él?
El hediondo es capaz de todo.
¡Es para no creérselo!
¡Me están likeando por todas partes!
¡Mi gloria sube como un cohete!
¡Tengo al fin mis 10.000 likes!
¡BEEEEEE!!!
¡Me siento pleno! ¡Que venga la poli entera,
con mil bombazos aquí los espero!
¡Qué fin tan glorioso!
¡BING! ¡BANG! BOOOMMM!!!
¡MUUUUUU!!!

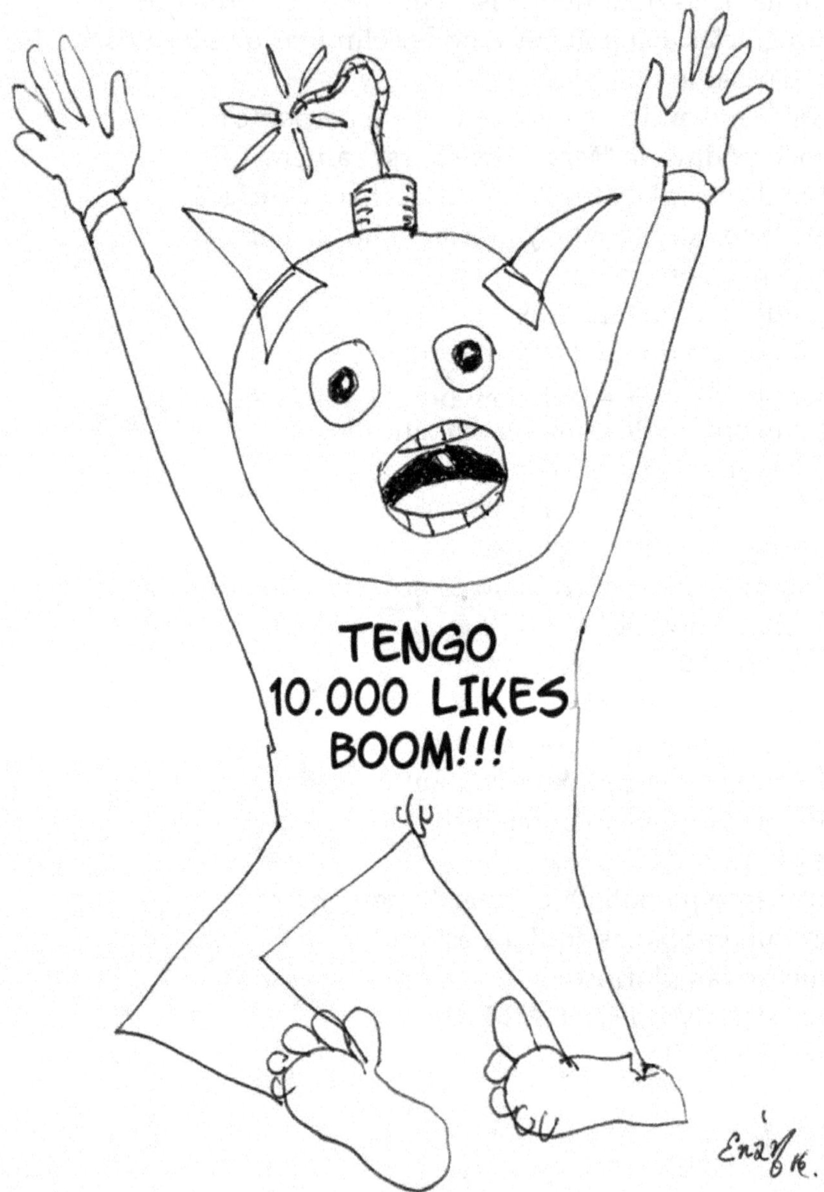
TENGO
10.000 LIKES
BOOM!!!

Post final

Post del programador:
"Sobre todo ningún pánico,
es sólo un necio
que hizo estallar una bolsa de plástico
y nada más."
Gracias a Freisi, la foromoza,
por la información.

Libros de Enán Burgos publicados por Claraboya:
Coda, La symphonie des homophones. Francés, teatro.
Petricor / Petrichor. Poesía bilingüe.
0 a la izquierda si_ no fin / 0 à gauche si_ non fin. Poesía.
Barcelona, pan y vino. Poesía bilingüe.
El soliloquio de una pulga electrónica / Le soliloque d'une puce électronique. Teatro bilingüe.
Jaguar silbato, poesía.
Sin u ano con grajo o El cancionero pagano, canciones.
Pleamar Ediciones:
En casa del susurro. Prosa y poesía.
Del cuerpo y sus eclipses. Poesía.
Del crepúsculo con toda suerte de pájaros. Poesía.
Antología del agua. Poesía.
Athaix toix pixel o el libro de los mensajes. Poesía.
Madre de agua. Teatro.
Pablo Escobar et les panthères noires. Francés, teatro.
Je n'est plus un autre. Francés, poesía.
K.O. Francés, teatro.
La femme escabeau. Francés, teatro.
Main dans la main. Francés, teatro.
Otros editores:
Nudité / Desnudez. Fata Morgana. Bilingüe, poesía.
Sable. Fata Morgana. Francés, poesía.
Mala sangre. Color Gang. Bilingüe, poesía.
Poésie libertine de chaussures. Color Gang y el Festival de Poesía "Voix Vives". Francés, poesía.
A l'aube du sacré. L'Harmattan. Francés, poesía.
La satire du pomodoro. Al Manar. Francés, sátira.
Les ahurissantes recettes de Clotilde de la Crise. La rumeur libre. Francés, teatro.
Lone goat forever. LansKine. Francés, teatro.
Oh rostro Oh belleza. La Cartonera, México. Bilingüe, poesía.
Tejido / Tissage. La Cartonera, Mexique. Bilingüe, poesía.
5 hululuments solitaires pour saxofon alto. Fertile-plaine.
Jaguar silbato. La Cartonera, México. Bilingüe castellano-nahuatl.

"FAZ DE BUCO"
o
Lone goat forever

El 22 de marzo del 2024
Isla Suspiros, Francia.
100 ejemplares
Un ejemplar depositado en los archivos
de la Biblioteca Nacional de Francia.
"Lone goat forever"
fue publicado inicialmente en francés
por la casa editorial LansKine en París en el 2018.

www.ingramcontent.com/pod-product-compliance
Lightning Source LLC
LaVergne TN
LVHW050342160826
845677LV00014B/3748

* 9 7 9 8 8 8 2 1 6 3 4 0 1 *